第5回　東奥文学賞　大賞作品

目次

大賞作品

月光の道

花生典幸

画・山田邦子

朝六時十二分。一番乗りの駐車場には、いつものようにまだ車の影はない。意識せずとも、六時十分の前後二、三分の間に学校への到着を収められるようになっていた。うまい調子だな。片野《かたの》秀一は、車のエンジンを切ると、助手席の書類鞄《かばん》を引き寄せながら独りごちた。

新任の教頭として、今の小学校に赴任してもうすぐ一年と三カ月が過ぎようとしていた。毎朝のリズムは、身体にほぼ馴染《なじ》んでいた。これを十分な回復と呼んでいいのか、はっきりはしないけれど。

ルームミラーに映る、明らかに寝不足と分かる青白い顔に向かって小さく笑い返すと、秀一は車から降りた。

昨夜、夜半近くまで詰めていた学校に、五時間足らずで戻ってきたことになる。

北海道東方沖が震源の突然の地震が発生したのが、昨夜九時三十八分。

風呂から上がり、缶ビールでも開けようかと思った矢先だった。突き上げる大きな縦揺れの後、思わず身構えるような揺れがしばらく続いた。腰を浮かせたまま、テレビの速報が震度を告げるのを横目に見ながら、静まるのを待った。

震度四弱という数字を確認するとすぐに、秀一は妻の妙子に手渡されたトレーナーをかぶり、車のハンドルを握った。酒に口をつける前でよかったと胸をなでおろした。

教育委員会からは、震度四以上の地震が発生した際、校長・教頭の管理職は、安全確認のために学校に駆けつけるという通達がなされている。校舎内外の異状の有無を確認し、すみやかに報告しなければならない。

校門をくぐりながら正面玄関をうかがうと、すでに廊下や階段には明かりが灯《とも》され、暗闇の中に校舎の輪郭がぼんやり浮かんでいるのが見えた。

先に到着していた校長の青島健介の姿を東校舎三階の階段に見つけた。そこから手分けをして、秀一は西校舎に向かった。

職員室に戻り、異状がないことをつき合わせ、教頭の秀一から市教委の担当指導主事に連絡を入れた。

折り返しの電話は、それからおよそ一時間後にかかってきた。夜ふけにもかかわらず、電話の向こうの声は驚くほど元気だった。

「遅くまで、ご苦労様でした。これで待機解除になります。お気をつけてお帰りください」

となりで腕組みをしている青島に目配せをすると、

「彼らも、毎度毎度たいへんなんですよ。これから情報を整理して、報告を上げなければならない。明日も仕事があるっていうのにね」

暗い窓の外に向かい、青島はめがねの奥の目をじっと凝らした。

青島校長は、過去に課長として学校教育課に籍をおいていた時期がある。間近で見てきた職員の、世間にあまり知られていない苦労をよくわかっているのだろう。

戸締まりをし、二人そろって学校を後にしたのが、十一時半近かった。

帰る道すがら秀一は、今回もやっぱり校長にかなわなかったなあとぼんやり考えていた。

東校舎に寄り添うように、学校のシンボルツリーの大銀杏《おおいちょう》がそびえている。

小さな子どもの手の平ほどの葉っぱを茂らせた枝の中から、鳴き交わす雀《すずめ》の声が響いてくる。梢《こずえ》の間を風が吹き過ぎ、雀を追い立てるように、さわさわと葉擦《はず》れの音が降ってきた。

秀一は手をかざし、校舎の屋根をかすめて姿を見せはじめた朝陽に目を細めた。透明な光のまぶしさを顔いっぱいに受ける、朝のこのひとときが好きだった。

まださわやかさの残る空気を胸に吸い込むと、片野秀一はひっそりとたたずむ職員玄関に向かって歩き始めた。

「教頭先生、昨夜はたいへんでしたね」

ひとしきり続いた朝の欠席連絡がほぼ収まり、今日最後になるかもしれない電話の受話器を置いて、あくびをかみ殺していると、頭の上から声が降ってきた。

目を上げると、養護教諭の齋藤晴美だった。アイスコーヒーのグラスを秀一の前に置きながら微笑《ほほえ》む。

「晴美先生、ありがとう」

コーヒーの冷たさがのどを潤し、胃に心地よく染みこんでいく。

その場に立ったまま、動こうとしない晴美の瞳が、もの問いたげに揺れるのに気づいた。秀一の体調を気にしているのだとわかり、彼女を安心させようと、やわらかな笑顔を意識しながら言葉を継いだ。

「家には十二時過ぎには帰り着いたから、大丈夫だよ。ある程度は眠れたと思う。でもね、年寄りにはやはり寝不足はこたえるよ」

「はあ、まだ五十三歳でしょうが、なに言ってんすか」

となりに座る教務主任の梅内慎二が、パソコンの画面から顔を上げて、素っ頓狂《すとんきょう》な声を張り上げた。今日は一年生のプール指導の補助を頼まれているとかで、朝からTシャツに短パンというラフな格好だ。

応接テーブルの前で郵便物を整理していた事務の北川美津江が、なにごとかと振り向く。

まもなく学級では朝の会が始まる。職員室には、秀一のほかに三人の職員しか残っていなかった。

「あと一カ月で、五十四歳だよ。あちこちガタきてるしね」

「いやあ、ぜんぜん若い。声に張りはあるし、髪はまだふさふさだし。おれと違って、腹は出てないし……」

「朝っぱらから、なに意味わかんないこといってんのかな……あれっ、さては梅内さん?」

秀一は校長室のドアを見やった。

「そうすよ。助けてくださいよ。校長ったら、青島道場はじめるって、いきなり昨日宣言しちゃって。おれはまだいりませんっていったのに……。いっそのこと教育委員会に訴えちゃおうかな」

梅内はそう言って、媚《こ》びるような目を向けてくる。

「校長は今年はかなり本気みたいだよ。いいかげん腹を括《くく》りなさいよ」

「ああ」ため息をつくと、梅内は頭を振りながら天井を仰いだ。

青島道場とは、管理職の登用試験に向けた勉強会のことを指し、梅内を含め三人の教員が喚《よ》ばれていた。

北川と晴美が苦笑しながら顔を見合わせた。

言葉遣いに問題あり、とベテラン事務の北川さんには苦い顔をされることもあるが、梅内は見どころのある教員だと秀一は思っている。

青島校長も、生徒指導主任を長く経験する中で培ってきた彼の力量を高く評価していた。今年の春に、先生方の仕事の差配をする教務主任を任せてからも、その持ち味は十分に発揮されていた。彼の仕事は、職員室に風通しのよさと明確な一本の筋をもたらしてくれている。

そういえば、と言いながら、秀一は昨夜あらためて感じたことを、梅内たちに話して聞かせた。この学校に赴任以来、教頭の秀一と校長の青島が地震で学校に駆けつけたのは昨夜で三回目を数える。しかし、いつも青島に先を越されてしまう。

「同じことを、前任《まえ》の蝦名教頭も話していましたね」

つぶやいたのは、北川さんだった。

「地震があって、宴会場から校長が駆けつけたら、お酒がまったく入っていないのを見て、びっくりしたそうです。その日は朝から胸騒ぎがして、今日は最初から飲まないと決めていたって言ったそうですよ」

なんかおかしいよね、なまずの霊がついてたりして、そう言って茶化《ちゃか》す梅内の軽口に笑いが起き、ありうるかもしれないと頷《うなず》き合っていたその時だった。

「だれが、なまずですか？」

突然背後から降って湧いた青島の声に、いっせいに飛び上がった。

開け放した職員室のドアのところに、青島が興味深げな目をして立っていた。タオルで額の汗をおさえている。

青島は毎朝、始業前に校門に出て子どもたちにあいさつをする。それが終わり、戻ってきていたのだ。

秀一のとなりに腰を下ろした青島に、北川さんがアイスコーヒーを手渡した。礼を言って受け取ると、青島は半分ほど一気に流し込んで息をついた。

「生き返りますね。今日も気温が上がりそうです。まだ六月の後半なのに、この暑さはたまりませんね」

そう言って汗をぬぐい、人懐っこそうな笑顔を振りまく。

太い黒縁のめがねが丸顔の中に目立っていた。短い髪の両側は白いのに、立ち上がった頭頂部だけは黒みがちで、小柄で小太りな容姿とあいまって、子どもたちの間ではひそかに「ぽんぽこさん」と呼ばれていた。特別支援学級の一年生の女の子が、小ダヌキに見立ててつけたあだ名だった。それを知った青島は、わざわざその子のもとに出向いて行き、すてきな名付け親に感謝を伝えてきた、とうれしそうに話してくれたことがあった。

「今日のプール、わたしもどこかの学年にお邪魔しようかな。晴美先生、今日こそＡＥＤの出番かもしれませんよ」

冗談めかして晴美に片目をつむって見せると、青島は大げさにうちわを動かす。飛散したプリントを、梅内がやれやれという顔で追いかけた。

気さくなたたずまいで、子どもたちからも、教職員や保護者からも慕われている青島だったが、いざ問題が起きた際には、別人かと見紛うような精悍《せいかん》な表情になり、鋭く迅速な判断を下すことを秀一は知っていた。

職員を指導したり褒めたりする時も、青島はきまって教頭の秀一に預け、よほどのことがない限り自らが前に出ることはしなかった。

「さて、教頭さん、梅内さん、朝の打ち合わせをしましょう」

いつもの肩の力が抜けたような笑顔のまま、青島はタオルをたたんで席を立った。

NOTEB

八戸市の中心から四キロほど離れた臨海部には、新井田川の幅広い河口を跨ぐ八戸大橋が架け渡されている。

その大橋を境にして、西側には工場地帯が広がり、東側には海岸線に沿う形で埠頭《ふとう》や大きな二つの漁港が整備されていた。港の周辺には水産加工場やその関連施設が軒を連ね、人々に働き場所を提供している。

八戸市立岬台《みさきだい》小学校は、東端にある漁港を眼下におさめる段丘の上に位置していた。旧《ふる》くからの住民が暮らす湊下町《みなとしたまち》と、新しく斜面を削って学校の裏手側に造成された、若い世代が多く住む岬ニュータウンと呼ばれる新興住宅地が、岬台小の主な学区だった。

全校児童二百九十六名で、学級数は十五。三年生と四年生だけが三クラスずつあり、あとの学年は二クラスずつ。その他に、特別支援学級が一クラスある。

教職員は二十三名おり、校長から給食の配膳員さんまで、職種も年齢も経験もすべて異なる人員で構成されていた。

二時間目の授業は九時二十分から始まる。その途中から校内を一巡するのが、秀一の日課になっていた。

校舎に満ちていた子どもたちの朝の活気ある声が、それぞれの教室の内におさまり、落ち着きを取り戻した廊下や階段には、ほどよい緊張感が流れている。いつも最後に足を向ける、四年生の三クラスが並ぶ西校舎二階も、開け放たれた教室のドアから洩《も》れてくるのは、指導する先生の声だけだった。

校庭が日差しを受けて白く光っていた。フェンスの向こうにわずかに望める港の風景も、遠くにいくほどぼんやりと霞《かす》み、夏が近いことを感じさせた。

秀一は必要がない限り、教室に顔を見せることはしなかった。廊下の掲示物を直したり、窓を開けたりしながら、それぞれの学級の気配を拾うようにして歩いていく。

四年二組の後ろのドアの前まで来たところで、足を止めて耳をすませた。

昨年新採用で、やんちゃな男子に手を焼いていた学級担任の小山内博《ひろし》の学級も、二年目の今年はクラスにまとまりができ、ここまで順調にきている。

秀一は、小窓から中を覗《のぞ》いて、杉下幸夫《ゆきお》の姿をさがした。

教室の窓側の席にすわった幸夫は、小山内が声を張り上げながら文字を書き連ねていく黒板と、自分の手元を交互に見比べながらノートをとっていた。時折、難しい顔になって首を傾《かし》げている。真剣な表情は、授業に集中している顔だった。

今日は目に力があるな、と秀一は安心した。先週から母親が手術のために入院していて、遠洋漁業に出かけて不在の父にかわって祖母が家に泊まりに来ていた。休み時間にそのことを聞かされてから、気がつくと彼の姿を探している自分がいた。

心の中に嵐が吹いていても、それを見せまいと努力している子どもがいる。一方で、わずかの風にも震える若草のように、細い根でなんとか踏ん張っている子どもたちがいる。

幸夫だけでなく、この学級にあってさえ、最近両親が離婚した北森恵や、登校しぶりに毎朝目を配っていなければならない和田隆人《たかひと》たちも、なにかしらの支えが必要な子どもたちだった。彼らの健気《けなげ》さや、その日その日にふと思い出したように見せてくれる前向きさが、心の芯《しん》にちゃんと育ってくれればいいと願っていた。

一学期はじめの頃に比べて、自信が増してきたように感じる小山内の声をもう一度確かめると、秀一はそっと窓を離れた。

一階まで下り、家庭科室前の廊下を歩いていると、窓ガラスをコツコツ叩《たた》く音に呼び止められた。窓の向こうから、委託用務員の吹越睦夫《むつお》が手招きをしていた。よく日に焼けた顔をガラスに近づけ、申し訳なさそうに何度も頭を下げる。

「教頭先生、まいったじゃ。さっき村上のばあさんにまだ呼ばれましたじゃ」

「落ち葉ですか?」

「いんや、今度は桜の木でやんした。庭先まで伸びできた枝あ、もうすぐ敷地に入るがらって。急いでなんとかしてけろって」

そう言って、吹越は校庭を囲むフェンスの向こうにあごをしゃくった。

「委員会からはまだ剪定《せんてい》の返事が来ないんですよ。もう一回催促《さいそく》してみますから」

「自分が先に少しやってみてもいいがい？」

「ええ、じゃあお願いします。わたしも後から出ます」

低気圧が過ぎ去った後の学校の敷地は、風に飛ばされた葉っぱや小枝が散乱してひどいありさまになる。一部は防風ネットを越えて、近隣の家の庭にも入り込み、早めに片付けないと、場合によっては苦情の電話がかかってくる。プールの裏に家を構える村上さんはその最たるもので、職員室では名物のような存在だった。

三時間目の授業を終えると、秀一はジャージに着替えて校庭に出た。日盛りの校庭には、かげろうが揺らめいていた。吹越は校庭の東の隅のバックネット裏で作業をしていた。

「吹越さん、少し休憩してから、続きやりましょう」

秀一は軍手を脱いだ吹越の手に、お茶のペットボトルを預けた。

木陰に入り、美味《おい》しそうに二口、三口喉に流し込むと、吹越は汗を吸ったシャツをその場で脱いだ。そして桜の枝にかけていた新しいシャツに首を通した。木の下には落ち葉ではち切れそうに膨らんだゴミ袋が二つ、切り払った小枝の束といっしょに転がっていた。

「まあだこれで、半分終わったぐらいがなあ。ばあさんどごは、一番先にやっつげできたすけ。はあ、文句出ねえすけ」

そう言って鼻の穴を膨らませると、シャツの裾をはためかせた。

湊下町に住まいがある吹越の言葉は、ときどき訛《なま》りがきつくて、秀一でもうまく聞き取れないことがあった。

シルバー人材センターから春に配属された彼は、今年で七十四歳になる。評判どおりの働き者だった。学校のあちこちに足を運んでは修繕箇所を見つけてすぐに報告してくれたり、休み時間には子どもたちと楽しそうに笑い合ったりしていた。

プールの方角から熱風に乗って、子どもたちの歓声と水しぶきの音が響いてくる。校庭の鉄棒の上に留《と》まって、トンボが羽を休めていた。それを眺めていた吹越が、ふと思い出したように立ち上がった。桜の根元に屈んで、なにかを取り出すと、秀一の目の前に運んできた。給食で出るプリンのカップだった。

うれしそうに顔をほころばせると、

「教頭先生、これこれ」

水が半分入ったカップには、十センチほどの長さの花が一本差してあった。丈夫そうな緑の太い茎の先端から根元に向かって、茎の上に渦を描くようにピンクの可愛《かわい》い小さな花びらが流れている。

「ネジバナですねえ。どうしたんですか?」

「ネジバナっていうんですがい?」

なるほど、ネジみたいに捻《ねじ》れているじゃあ、そう言いながら、吹越は花の姿をしげしげと眺める。

「草取ってしゃがんでだら、いぎなり女の子に背中ただかれで、なんも言わねえでニコニコしながら、これを渡してくれだんだよ。お礼を言う間もなぐ、まっすぐ走っていってしまったじゃあ……教頭先生、もらってもいいべが?」秀一の表情をうかがう。

「ああ、もちろん。よかったですね」

吹越はうれしそうに頷いた。けれどもふと真顔になると、一つ呼吸をおいて続けた。

「教頭先生、あの花ばくれだ女の子は……」

「おそらく、三年三組の中崎しおりさんだと思います。春に福島から転校してきた子どもです。あの子はいま言葉が話せないんですよ」

「やっぱりなあ」吹越の視線が揺れた。

「あの子はまだこの学校に馴《な》れていません。担任の関口先生もいろいろ心配してます」

「わ（私）も声っこ掛げだりしてもいいべが？」

「ええ、ええ。吹越さんもわたしも、この学校にいる大人は、みんな子どもにとっては先生ですよ。きっと喜びますよ」

「わがりました」吹越は力強く頷いた。

新年度がはじまって三週間が過ぎた四月の半ば、中崎しおりの転入手続きに訪れたのは、水梨雄三と名乗る初老の男性とその奥さんだった。

水梨は薄くなった髪を後ろになでつけ、ネクタイはしていないものの、こざっぱりとしたスーツ姿だった。奥さんは朋子さんと名乗った。どちらも腰が低く、誠実そうに映った。

福島のいわき市の小学校からは、家庭の事情で急に八戸に移ることになったと引き継いでいた。しかし詳しい事情については、向こうでも十分に把握していないようすだった。申し送りの中で念を押されたのは、しおりは現在、人前では言葉が話せないでいるということだった。

職員室の応接テーブルで、梅内が岬台小のことを一通り説明し、書類を受け取って転入の手続きが済むと、水梨は、校長に折り入っての話があると切り出した。校長室に案内すると、水梨は居ずまいを正し、出されたお茶に手を伸ばすこともなく話し始めた。

「しおりとたくみは、福島のいわきから、わだしたち夫婦が連れてきました。いずれは二人を、わだしたち夫婦の子どもどして引き取るつもりでおります」

「はあ。えっと、たくみさんというのは？」

手帳から顔を上げて、秀一が訊《き》く。

ていねいに説明しなければわがんないでしょ、と奥さんに袖を引かれ、水梨はソファーに深く座り直した。硬い表情だった。

「巧実は、しおりの兄でございます。二十四歳になります。先週から下の市場の知り合いのどこでアルバイトをしております」

兄妹は福島から転居して以来、しおりは湊下町の水梨の自宅に、兄は近くにアパートを借りて別に暮らしているという。兄妹二人は、夫妻とはまったく血縁関係がないということだった。

「どこで、どういうご縁で、水梨さんは二人と知り合われたんですか？」青島が尋ねた。

水梨から聞かされた答えは、にわかには信じがたい内容だった。

「あの震災が起きだ後、しばらくしてわだしは福島に片付けのボランティアに行ぎました。そこで手伝ってる時に、偶然あの兄妹に会ったんです」

秀一は目を上げ、青島と顔を見合わせた。

水梨は気持ちを落ち着かせるようにしながら、静かに続けた。

「今は息子に任せでますが、わだしは港の中に小さな水産加工場をもっています。原料の鯖《さば》の仕入れの関係で、あっちの方に少し取引先があったんです。震災前には、わだしも、一年のうちに何度か必ず足を運んで、地元の彼らと付ぎ合いをしてきました。家族ぐるみで付ぎ合ってきた人だちもおりました。んですが……」

地震が起き、むこうの人たちとはまったく連絡がとれなくなったという。不安な気持ちで、来る日も来る日もテレビを見続けているしかなかった。そうしているうちに、だんだん身体がおかしくなってきたのだという。

水梨はそれを、じりじりと心が締め上げられていくようだったと話した。ひりひりするようなもどかしさばかり感じて、突然泣いてみたり、惚《ほう》けたようにふさぎ込んだり……。

「んですが、自分では正直よく覚えていません。後からぜんぶ女房から聞かされだことばっかりです」

奥さんがハンカチを取り出すのが見えた。

テーブルに置かれた湯飲み茶碗《ちゃわん》を凝視したまま、水梨はていねいに言葉を選ぶようにしながら話を続ける。

「ある朝起きてみで、突然このままじゃだめだと思ったんですよ。助けに行がねばと」

「……」

「わだしは心臓を少し病んでおります。そんな身体で行っても邪魔になるだけだと、女房にも倅《せがれ》にも反対されましたが、そん時は居でも立ってもいられねえ一心だけでした。それで伝手《つて》をさがして、福島のいわきに行ぎました」

「水梨さんは、お気持ちが強い方でいらっしゃいますね」

青島はそう言って、まぶしそうに水梨を見つめ返した。

お茶をいただきます、と断ったあと、水梨は遠くを見る目になり、「こんな年寄りでも、できることはいくらでもあったんです」と、福島で目にしたものや自分が行ってきたことを語りはじめた。

驚き、胸が締めつけられる話に、秀一は息を呑《の》んで耳を傾けていた。

怒りも哀《かな》しみも過ぎてしまいました、と淡々と語りながらも、水梨はまだなにか大きなものを持て余しているように見えた。いつの間にか、長い時間が過ぎていた。

やがて思い出したように、

「そうだ、しおりと巧実でしたね……。巧実は、片付けに入った沿岸の家で偶然会いました。一人で一生懸命に家の中ば片付げでいたんです。よぐよぐ聞いでみだところ、そこは世話になってだ、ある工場長さんの家だったんですよ。驚いてしまいました。なにがの縁ですかね……」

そう言って目をつむって、吐息を洩《も》らした。

「わだしは八戸に帰る時、彼に、困ったら相談してほしいと言いながら、名刺を渡したんです。まったぐ、あてにしてませんでした。だがら一年近く経《た》って、巧実から突然電話がかがってきて、助けてもらえないがといわれだ時には、正直びっくりしました。まさが連絡くるなんて思ってながったんで。巧実の顔も覚えでませんでした。んですが、わだしを頼ってくれだことは、うれしがったあ。女房と相談して、すぐに迎えに行ぎました」

知らず校長室のテーブルに乗り出すようにしながら話し続けていたことに気づいたのか、水梨はそこでようやく息をついた。

引き取るようにして、今度は奥さんの朋子さんが話し始めた。

「しおりちゃんは声を出さなぐなったんだそうです。いろいろあったんです。わだしはあの子がかわいそうでしかたがありません。父さんと母さん、おばあちゃんまで津波で流され、家までなぐなってしまって……。あの子がいじめられだりしないように、なんとが助けてください。校長先生お願いします」

朋子さんは立ち上がると、深く腰を折った。

「教頭さんは、どう思いますか？」

二人を見送ると、青島は秀一に尋ねた。

「半信半疑、ですかね。すぐに信じていいのかどうか」

青島は唇の端を曲げて、ニヤッとする。そして、「どのあたりがですか」と訊く。

「一年も経って、突然電話がかかってきた。それで水梨さんはわざわざ彼らを迎えに行き、子どもたちを引き取りたいという。いきなりだし、唐突すぎませんか？　……ただ」

「ただ？」

「とても熱い人だなと思いました。あの人の言葉からは本気が伝わってきました。お話をすべてそのまま受け取っていいなら、わたしはちょっと感動しました」

「ほお」青島は小さく目を見開いた。

「信じてもいいってことですか？」

「ええ。水梨さんやあの奥さんの言葉には嘘《うそ》はないと思います」

「ほお」

青島は、少し首を傾《かし》げ、あごを引きながら秀一の顔をまじまじと覗《のぞ》き見るようなしぐさを見せた。値踏みをされているような感じにどぎまぎして、秀一は思わず目をそらした。

「なにか？」

「いやいや……。では、明日の職員会議のときに、今日のことは先生方にも伝えて、共通理解をしましょう。ところで、担任はだれがいいと思いますか？」

「三組の関口先生はいかがでしょう」

「主任の学級でなくてもいいですか？」

「若いですが、細かく気配りができる関口先生なら、しおりさんに安心感を与えて、クラスの中に上手にとけこませるようにがんばってくれると思います。まわりの子どもたちにも理解してもらい、助けてもらわなければなりませんので、そこは、ベテランの熊谷先生の力で学年をびしっとまとめてもらって、フォローしてもらう。ベストかとわたしは思いますが」

青島は、満足そうに頷《うなず》いた。

「わかりました。次の休み時間に、熊谷先生と関口先生、それに梅内さんを喚《よ》んで説明しましょう。教頭さんに全部任せますから、よろしくお願いしますね」

二日後、中崎しおりが水梨夫妻に付き添われて登校すると、三学年主任である熊谷静子は、学年の子どもたちを集めて臨時の集会を開いた。

しおりを紹介し、人前では上手にお話ができないので、困っているときには助けてあげてほしいという旨を、子どもたちの目線に合わせて話してくれた。彼らの後ろで、同じような気持ちになって耳を傾けながら、秀一は熊谷の話術に、さすがだなと引き込まれていた。

その日の放課後、秀一と青島はそれぞれに、しおりと短い面談をもった。会議室の隅で向き合い、緊張しないでいいからと秀一が話しかけると、しおりはこくんと頷いた。素直そうな、小さな女の子という印象だった。瞳には利発そうな光が宿っている。つるんとさらしたおでこと、頭の後ろにリボンできれいにまとめられた黒い髪を見ているうちに、脳裏に水梨さんの奥さんの顔がよみがえってきた。大事にされているのが伝わってくる気がした。

答えてくれなくてもいいと思いながら、秀一はしおりに語りかけた。どんな勉強が好きか、心配なことはないか。紙を目の前に置いていろいろ尋ねてみても、彼女はほんのわずかの間秀一と視線を合わせるだけで、すぐに目を伏せ、泣き笑いのような笑顔を浮かべた。秀一は、ごめんねと何度も謝りながら、背中に汗がにじむのを感じていた。

そのあとの青島の面談も、感触はだいたい同じようだった。いずれにしてもまだはじまったばかりだと思った。

スクールカウンセラーの大石浩朗《ひろお》が、巡回相談で岬台小を訪れたのは、それから一週間後のことだった。

大石は同じ学区にある中学校を拠点にして、近隣の二つの小学校を週替わりで受け持っている。保護者や子どもたち、そして時には先生方からの相談を受け、対応してくれていた。

水梨の許可を得て、この日は、しおりのカウンセリングをお願いしていた。

面談は、予定していた一時間が過ぎても終わらなかった。

二年前に中学校の教員を退職した大石は、発達に課題を抱える子どもたちの支援の方法についてもっと深めたいと希望し、在職中から、児童心理や教育相談のセミナーに自主的に参加し、いくつかの資格を身につけていた。

物腰がやわらかく、おっとりとした語り口で、「他人の話をいくらでも聞けるというのも才能のうちですよ」と涼しい顔で話す大石だったが、この日は、思いがけず入り込んでしまいました、とくすくす笑いながら首をすくめてみせたのだった。

「いわゆる場面緘黙《かんもく》とは違うという印象をもちました」

「どういうことでしょう?」秀一が訊《き》く。

「いまは言葉が眠っているというのかな。話すこと、もっと言えば、人とかかわることに自分から線を引いて、そこから離れようとしているというのか……わたしもまだよく分からないのですが」

「震災で、あの子は家族を亡くしたそうです。それが原因でしょうか？」

「もちろんあると思います」

大石はそう言いながら、足元に置いた鞄《かばん》の中からラミネートされた写真カードの束を取り出した。ひろげると、風景や事物を写した写真が二十枚ほどあった。

「今日は最初にこのカードを使って、しおりさんと話をしました」

「話ができたんですか？」驚いた秀一の声が裏返った。

「いいえ。このカードを順番に見てもらいながら、わたしはしおりさんの表情を見ていました」

人間の目は、たくさんのことを教えてくれると大石は言う。不安も喜びも希望も、誰もがしまっておきたい憎しみやあきらめといったマイナスの感情さえも、まなざしは伝えてくれる。

「しおりさんの表情が大きく動いたのは、この二枚でした」

大石が取り出したのは、犬の親子が戯れている写真と夕暮れの海を写した写真だった。

「今日、彼女と話ができたのはここまでです。あとはずっと、わたしが自分の昔話を一方的に話し、それを聞いてもらっていました。彼女は飽きたふうも見せずに、うんうんと頷《うなず》いて聞いてくれましたよ。校長先生、あの子はとっても優しいお子さんですよ」

青島と静かに笑み交わすと、大石はお茶を手元に引き寄せた。

ふと思い出したように、

「校長先生と教頭先生は、〈目薬《めぐすり》〉と〈日薬《ひぐすり》〉という言葉をご存じですか？」

「〈目薬〉ですか？　目に差すあれのことでは、ないですよね」秀一が答える。

「ええ。〈目薬〉は見守ることを表します。目を離さずに見守る、そのことがそのまま薬のような効果を発揮するという意味です。だれかがちゃんと自分を見てくれている、そう安心すると、人は元気や勇気が湧いてきますよね。目には、励ましを与え、背中を押す力がある。〈日薬〉はわかりますよね。時間が傷を治し、心を癒やす。関西の方では『時薬《ときぐすり》』とも言うそうですが」

「なるほど、おもしろいですね」

青島が感心したように頷いた。秀一は急いで手帳を開いてメモをした。

「〈目薬〉や〈日薬〉が解決してくれる問題は確かにあります。しおりさんとの面談も、これからようすを見ながら続けていくつもりですが、よろしいですね？　お互い焦らずに、じっくり構えてやっていきましょう」

「教頭先生、どうぞ。いつもお世話かけてます」

秀一はつまんだ刺身を置いて、急いでグラスを持ち上げると、男から注がれるビールに頭を下げた。「こちらこそ。いつも助けられています」——ええっと、この人は確か二年生の近藤さんだったな。

湊下町にあるすし屋の二階を貸し切りにして、六時からはじまった「お父さん会」は、間もなく二時間が経《た》とうとしていた。

学校に関わるＰＴＡは、どこも母親が中心になることが多い。けれども草刈りやプール清掃など環境整備の場面では、どうしても男手に頼りたいというのが本音だ。大事な戦力である父親同士の結びつきをつくり、親睦を深めるねらいで、岬台小では年に二回、「お父さん会」という名の懇親会が開かれていた。

今夜は青島校長の他、教頭の秀一と教務の梅内、そして十八名の父親が参加していた。

父親たちの半数以上は初対面で、自己紹介されても顔と名前がなかなか一致しなかった。

青島校長のあいさつとPTA会長の橋本さんによる乾杯ではじまった会は、和やかなうちに進み、お酒もそれなりの量が振る舞われていた。部屋には、和気藹々《あいあい》とした雰囲気と笑い声があふれていた。顔を真っ赤にした父親たちは、すっかり打ち解けたようすで、あちらこちらで車座になって談笑したり、お酒をつぎ合ったりしている。間もなくお開きの時間だった。

秀一が、今日の飲み会が始まってから、ずっと落ち着かないのには理由《わけ》があった。

参加者名簿が三日前に会長の橋本さんから学校に届けられた。その中に中崎巧実の名前を見つけた。正直驚いた。

会がはじまってすぐの自己紹介の時に、巧実は最近こちらに越してきたこと、父親としてではなく、妹の兄として参加していることを話した。最後に、「力仕事も含めて、できるだけがんばります」と上ずった調子で締めくくった。「若いの、期待してるよお」と声がかかり、恥ずかしそうにうつむいた姿がなんとも初々しく映った。

乾杯して程なく、彼は青島の前に進み出てかしこまったようすで正座をした。

「妹のことでは、いろいろお世話をおかけします。どうぞよろしくお願いします」

ていねいに頭を下げ、青島と秀一にビールをついでくれた。

「水梨さんからお話をうかがっています。しおりさんが困らないように、わたしたちもしっかり支えていきますから」

青島が言うと、巧実は「ありがとうございます」とまた頭を下げた。頭を傾けるたび、さらさらした髪が目に落ちかかり、すまなそうに人さし指でかき上げた。細面で華奢《きゃしゃ》な印象だが、あごの線や目の輝きからは意志の強さのようなものがうかがえる。間近で見ると、面差しがしおりに似ているように感じた。

ビールを勧めると、今日は車で来ていると断り、「よろしくお願いします」ともう一度頭を下げて離れていった。

ビール瓶と日本酒の徳利《とっくり》を両手に、父親たちの間を感謝の言葉とともに巡りながら、秀一は彼のことがずっと気になっていた。宴が進むにしたがい、身の置き所をなくして、場違いな雰囲気にとまどっているようすが伝わってきた。

会がお開きになって外に出たところで、秀一は青島と梅内に耳打ちをし、二次会を二人にお願いして少し巧実と話をしたいということを告げた。

すし屋の駐車場で車に乗り込もうとしていた巧実を見つけた。声をかけると、驚いた顔で振り返った。

「今日はありがとうございました。大変だったでしょう」

「いいえ。こういう会に出たのは初めてだから。どうすればいいか全然わからなくて」

「あのう中崎さん、ちょっと時間ありますか？」

「はあ」

いつも二次会に連れていかれるスナックではこれからカラオケ大会が始まり、音痴の自分には針の筵《むしろ》で、と言うと、巧実は柔和な目を細めて、おもしろそうに笑った。

飲み屋に誘うのもどうかとためらっていると、彼は時計に落としていた視線を上げ、「よければ、自分の車でちょっと出ませんか。あと一時間ぐらいなら大丈夫ですから」と提案してくれた。

用事があるのかと訊くと、ちょっと仕事がと言葉を濁した。

海沿いの道路を少し走り、家並みがとぎれた三差路のところで、巧実は山側の道を選んでハンドルを切った。道は雑木林を抜ける寂しいスロープに変わった。林を透かしてぽつぽつと家の明かりが浮かび、夜の向こうに、こんもりとした蕪島《かぶしま》の影がせり上がるようにして見えてきた。

いきなり景色が開けた。

着いたところは、湊下町を見下ろす岬の突端にある岬嶋《みさきしま》神社の駐車場だった。街灯がともされ、ぼんやりと明るい。車は一台も見えなかった。ここに夜来るのは、秀一は初めてだった。

「こっちです」

そう言って巧実が案内したのは、神社の境内のはずれにある小さな公園だった。

二つある街灯は、生い茂った枝になかば隠され、社《やしろ》を囲む木々の濃い影ばかりが目立っていた。海に向かって古いベンチが一つ据えられている。人けのない静かな場所だった。

並んでベンチに腰掛けると、巧実は途中のコンビニで買ってきた缶コーヒーを秀一に渡した。

「このあと、自分は運転代行の仕事に行きます。週三回、四時間ぐらいだけ働いているんです。市場が休みの前の日は、もう少し長くしてますが。でも、このことは水梨さんには内緒でお願いします。言えば、必ずやめろっていうから」

巧実は薄い笑いを浮かべた。

海に視線を向け、しばらく見ていた彼が、

「教頭先生、見てください」

沖の方を静かに指さした。その指先をたどる。しかしなにを示しているのか分からず、秀一は首を傾《かし》げて彼の顔を見た。

「見えませんか?」

コーヒーを置いて立ち上がると、秀一は胸の高さに張られたフェンスのそばに歩み寄った。

それはいきなり秀一の目に飛び込んできた。視野の中で意味を結んだ。確かめるように、もう一度目を凝らした。

月の光の道だった。

薄紫色の空を背景にして、水平線の上に黄色い満月が浮かび、それを下から支えるように細い雲がたなびいていた。雲の帯をくぐってにじみ出た月光が、凪《な》いだ水面に反射して一本の道をつくっていた。水平線から湾を貫いて横たわる、ほの白い月光の道。それがまっすぐ秀一に向かって伸びていた。

「きれいだね。驚いたよ」

「代行の仕事が終わって家に帰る前に、月齢を見ながらたまにここに来るんですよ」

八戸に来てすぐの頃、偶然この場所を見つけたのだという。秀一はしばらくの間、フェンスにもたれて海面を眺めた。

「福島でも、これ見えてたのかなあ」

ぼんやりつぶやく声が聞こえた。秀一は話題を変えた。

「今日の会は、水梨さんに無理強いされたんじゃないの？」

「はい」と巧実は素直に認めた。そう言いながら、なんとなくうれしそうだった。

「自分が福島から来たことを知っている人もいて、それとなく励ましてくれました」

言葉は少しわからないし、乱暴な感じだけど、海に暮らしている人は同じだなと思ったという。温かい人ばかりだと。

「水梨のじいちゃんが一番ですけどね」

噛《か》みしめるようにそうつけ加えた。

ふと真顔になって、巧実は秀一に視線を向けた。

「じいちゃんは……水梨さんは、どこまでお話をされてますか？」

秀一は、二カ月前に水梨夫妻からお願いされた内容と、学校で行っていることを彼に伝えた。だいたいのことは聞いているらしく、言葉を挟むことなく黙って頷《うなず》いていた。秀一が話し終えると、

「しおりのことを少しお話しします。聞いてもらえますか」

そう言ってベンチに戻ると、巧実は静かに話しはじめた。

――あの震災の日、わたしは仙台にいました。大学院で建築を学んでいたんです。仙台でも大きな揺れがあり、電気も水道も止まってしまいました。わたしはアパートの寒い部屋の中で、毛布をかぶったまま、何度も携帯電話の実家の番号を押し続けていました。

実家は福島県のいわき市の沿岸部にあります。実家では祖母と両親、それに妹のしおりが暮らしていました。

実家の建物は強い地震の直後に襲ってきた津波で、半分以上が流されたとあとから知りました。

母は足の悪い祖母をなんとか助けようと思ったんだと思います。学校から帰ったばかりのしおりを近所の人に預け、一人で家の中に戻ったみたいです。そのまま祖母と母は行方がわからなくなりました。父は工場にいて、そのままそこにいた人たちと一緒に流されて……しおりだけでも助かったのが救いでした。

途方に暮れていた自分に声をかけてくれたのは、酒井さんという人です。父方の遠縁の親戚にあたる方だそうです。酒井さんが、葬儀や家のことや、いろいろ親身になって動いてくれました。酒井さんの家族も自分たちと同じ被災者でした。

わたしは大学院を中途で退学して、教授の世話で紹介してもらった郡山の建築事務所で働きはじめました。二人で暮らす余裕が生まれるまでということで、酒井さんにお願いをしてしおりを預かってもらったんです。本当はあの人たちも余裕がなかったはずですが、快く受けてくれました。本当にありがたかった。身近にだれも身寄りのない自分には、酒井さんの善意にすがるしかありませんでした。

酒井さんの家族は、いわき市の避難所から仮設住宅に移り、そこでしおりを含めて四人で生活をしていました。雪乃という中学生の女の子がいて、はじめはしおりのことを気遣い、いろいろ世話を焼いてくれていたようでした。

わたしは仕事があって平日は訪ねていくことができませんでしたが、週末には必ず顔を出していました。実家の片付けもできるだけやろうと思ったんです。夜は車で寝ました。

半年ぐらいは、しおりは元気そうに見えていました。会うといつも大丈夫って言っていました。今考えると、わたしに心配かけまいとしていたのかもしれません。

ある時期から、やはりおかしいと思いはじめたんです。着ている服が臭うし、髪の毛も履いている靴もきれいな感じがしなくて。それで、しおりに聞いてみても、困っていないと言うし。それとなく、酒井さんの奥さんに尋ねても、雪乃と同じにしているから大丈夫という返事で・・・もっと早くに気づいてやるべきでした。そうすればしおりは・・・あの人たちを信じた自分がばかだったんだと思います。

仙台にいる時に母親からもらった預金通帳は、すべて彼らに預けていました。わたしは毎月の給料からも、少しずつですが送金をしていました。あの人たちは、それを全部自分たちだけの飲み食いにつかっていたんです。出掛ける時もしおりだけ家に残して・・・結局は、よその子の扱いだったんですね。

ある日、酒井さんから送金を増やしてほしいと言われ、疑問に感じていたことをぶつけてみました。切り出すと、

「だれのおかげでしおりが満足に生活していられると思っているんだ」と逆に怒鳴られるありさまで。

最初はとても優しそうに見えていたのに。

震災で被災した人の中には、賠償金をもらうために、働かない人がいるっていうのを聞いたことがありますか?

悲しいことですが、一部にはそんなひどい人たちもいるんです。朝から夫婦でパチンコに出掛けて散財し、毎日のようにそれを繰り返す。

あの地震のせいで、いろいろなことが想像できないくらいに大きく狂ってしまいました。二度と取り戻せないくらいに。そのひずみのせいで、人の生き方も生活も、だんだんおかしくなっていったのかもしれません。いまになって初めて分かることですが。

それから間もなく、今年の三月の初めのことです。

いつものように土曜日の夕方、酒井さんの住宅を訪ねると、しおりの姿が見えませんでした。聞くと、公園に小太郎をさがしにいったというんです。

小太郎というのは、いわきの実家でずっと飼っていた柴犬の子犬です。震災の時に、しおりが連れて逃げて一緒に助かった犬です。

公園に行ってみると、しおりは雪が舞う中でベンチにすわって泣いていました。しばらく前に、学校から帰ったら小太郎が見えなくなっていて、毎日探していると言いました。しおりと一緒にわたしも近くの河原や裏山の林を探しました。けれども見つかりませんでした。

出直すつもりで、しおりをなだめて戻りました。玄関のドアを開けようとした時、夕食を食べている彼らの笑い声が聞こえてきました。

「あのしおりの犬っころ、保健所に置いてきてさっぱりしたなあ」「あの子だけでも大変なのに、犬のえさまでもったいないなかったし」

わたしは耳を疑いました。しおりは身体をぶるぶる震わせて、崩れるように座り込んでしまいました。音を聞きつけて出てきたあの男の驚いた顔を見た瞬間、わたしは目が見えなくなりました。

せっかくあの地震の時に助かったのに、なんで・・・しおりのたった一つの支えになっていた小太郎を・・・許せなかった。

奥さんの泣き声に引き戻され、見ると自分の指から血が出て、酒井さんはぐったりしていました。

ビジネスホテルで夜を明かしました。ご飯も食べずにしおりは泣いてふさぎこみ、疲れて眠ってしまいました。

朝が明けるのを待って、わたしは一人で市の保健所に向かいました。けれども間に合いませんでした。小太郎はもう……。しおりはその日からしゃべることをやめてしまいました。——

巧実は立ち上がると、ふらふらした足取りでフェンスに近づき、網の目を両手の指でがっとつかみ取った。そしていきなり激しく揺さぶりはじめた。ガシャン、ガシャンという鈍い音が、闇の中に悲鳴のように響いた。

しおりを連れて郡山に帰った巧実は、そこで水梨さんの名刺を思い出し、思い切って電話をしてみたという。追い詰められていましたからと言った。事情を聞いて水梨はすぐに迎えにやってきてくれた。その足で酒井の住宅に向かい、しおりの荷物をまとめながら、二度とこの子たちに近づくなと目を剥《む》いて凄《すご》んで見せたという。

「いつ殴りかかるかとハラハラしました」

巧実は思い出したように小さく笑った。

「じいちゃんは熱血漢だから」

心の中に浮き沈みする感情をうまく整理できないまま、秀一は靴先に目を落としてうなだれていた。

言葉を少しでももらすと、涙も一緒にこぼれそうだった。しおりや巧実の味わったであろう苦痛や哀《かな》しみを想像すると胸が痛んだ。震災で家族を失い、その上さらにこの兄妹は……やりきれないなと思った。秀一は立ち上がると、巧実の横に並んだ。

「この月の道を見せに、しおりをここに連れてきたことがあります。もっと早い時間の満月の時でしたが。きれいだって、喜んでいました」

「……」

「じっと月を見ていると、父さんも母さんも、ばあちゃんも、あのきれいな月のどこかにいるような気がしてくる、そんなふうに話しながら。しおりは飽きずに見ていました。……しおりは、わたしと二人の時だけは、少しだけ話してくれるんですよ」

巧実の声は穏やかだった。

月は水平線からさらに上空に昇り、月光の道はその分細くなったように見えた。灌木《かんぼく》を揺らして、潮の匂いを含んだ風が海から吹き上がってきた。

「あの満月に続いている道を歩いていけば、みんな笑って待っている、そんなふうに思うことがあるんです」

驚いた秀一が彼の横顔を覗《のぞ》くと、巧実は一瞬気圧《けお》されたような目をし、苦笑しながら首を振った。

「心配しないでください。死にたいなんてこれっぽっちも考えてませんから……人が死ぬのはもうたくさんです……。それに、今の自分には父と母の代わりに守らなきゃならないものがある」そうきっぱり言い切る。

時計に目を落とすと、巧実は「そろそろ行きます」と言って秀一に頭を下げた。

秀一のすぐ鼻先に、秋沼太一の坊主頭が迫っていた。つむじの形がきれいに見えている。首のうしろに汗の玉をいっぱい浮かべ、盤上の駒をにらみながら、太一はさっきからウンウン唸《うな》っていた。彼のまわりに陣取る子どもたちも、戦局を読んでは、ひそひそと声を交わし合っている。

あと三手で詰むかな。秀一は耳たぶを揉《も》みながら思った。それにしても、この子はびっくりするくらい強くなった。子どもの伸びしろの計り知れなさに、あらためて舌を巻く思いがした。

昼休み、六年二組の教室だった。

さてと、詰めの一手を指そうと銀の駒を持ち上げたその時、秀一を呼び出す放送が流れた。

「教頭先生、お電話です。職員室までお願いします」

太一と顔を見合わせ、お互いににやっとすると、残念だけど今日はここまで、と言って秀一は立ち上がった。「もう少しで勝てたのにな」と三好圭吾に肩を叩《たた》かれ、太一はほっとした顔で頷《うなず》いている。「逃げんのかあ」という子どもたちの賑《にぎ》やかな声に背中を押されるようにして秀一は教室から退散した。

階段を下りながら、昨日の帰り際、三年三組担任の関口佑香から投げかけられた言葉を思い出していた。

――教頭先生、子どもって残酷な生き物だと思ったことはないですか?――

訊《き》くと、やはりしおりのことだった。クラスの子どもがこの頃だれも一緒に遊ぼうとせず、一人でいることが目立ってきているという。女の子たちに協力をお願いしたら、「だって、つまんないんだもん」とつぶやいたというのだ。子どもらしいと言えばそのとおりだった。

校庭の隅にあるウサギ小屋の前にしゃがんでいるしおりを見かけて、そばに寄っていったことが秀一も何度かあった。草をむしっては、チャッピーの鼻先に差し出している彼女に、「動物が好きなの」と訊くと、大きく頷いてくれた。その場を乱さないように、秀一は黙って並んで見守っていた。

「まっ、彼らのその屈託のなさに救われることも多いんですけどね。いろいろがんばってみます」

いつもの明るい笑顔に戻った関口に、秀一は大石から教わった〈目薬《めぐすり》〉と〈日薬《ひぐすり》〉の話を伝えた。

電話を取り次ぐ事務の北川さんの目が、まずい電話だと告げていた。秀一は一つ咳払いをして、受話器を耳に押し当てた。

「もしもし、岬台小学校、教頭の片野です」

「教頭先生ですか。六年二組の内澤陽介の母です。お話したいことがあるのですが、よろしいでしょうか?」

「ああ、内澤さん、いつもお世話になっています」

電話の声は、六年生のＰＴＡで学年委員をしている内澤美由紀だった。岬ニュータウンに新築の大きな屋敷を構えている。

学校に顔を出す際には、秀一にも気安い調子で話しかける内澤の声が、今日はずいぶん他人行儀な印象で尖っていた。

「どうかされましたか?」

「くわしいことは、これからお邪魔して聞いていただきたいのですが。校長先生も教頭先生も二人ともいらっしゃいますよね」

「ええ、十五時に来客がありますが、それまでの間であれば」

「これからすぐにうかがいます」

言い放つやいなや、電話は一方的に切られた。

青島は首を傾げながら、まずお話を聞きましょうと言った。

内澤は、程なく校長室に姿を現した。いつもと同様きちんとブレザーを羽織っているものの、ソファーに姿勢よく座る姿からは、強い緊張が伝わってきた。

「お二人に聞いていただきたいことがあって、うかがいました」

「どんなことでしょう？」

お茶を勧めながら秀一が訊く。

「うちの陽介が今日休んでいることはもちろんご存じですよね」

青島も秀一も頷く。昨日帰宅後に遊んでいて、転んでけがを負い、今日は病院で診てもらうために休むという報告を朝のうちに養護教諭の晴美から受けていた。

「友だちと公園でサッカーをしていてけがをしたという話だったんですが、あの子に詳しく聞いてみたら、白状しました」

そう言って内澤は、銀縁のめがねのつるを押し上げ、お茶をゴクリと飲んだ。

「女の子に突き飛ばされたというんですよ。それも学校で。ウサギ小屋のところだそうです。これは学校の監督責任ではないですか？」

「その子がだれなのか、陽介くんは話していますか？」

「転校生だといっていました。そんな乱暴な子がいるんですか？」

意外な展開に、思わず手帳から顔を上げて、秀一が答えた。

「転校生ということだと、三年生の中崎さんだと思います。ですが、彼女がそんなことをするとは……」

最後まで言い終わらないうちに、内澤はあごを反らしてきつい視線を向けてきた。あとを青島が引き取った。

「わかりました。中崎さんかどうか、まず確認してみます。陽介くんにも尋ねることがあると思いますが、よろしいですね。彼女から聞き取ったことについては、明日あらためてお知らせいたしますので、よろしくお願いします」

「明日？　その子がまだ学校にいるんでしたら、今すぐに聞いてきてくださいませんか。それが、校長先生がいつもおっしゃる〝子ども本位〟ではないですか？」

嫌みのこもった言い方にかちんときたが、秀一は「わかりました」と言って校長室を出た。

関口と熊谷に伝えると、二人とも驚いた表情を隠さなかった。清掃の見届けと、長くなった場合を考えて五時間目の三組の自習の対応までを熊谷にお願いして、秀一と関口は相談室にしおりを招き入れた。

秀一からの確認に、彼女は首を振るばかりだった。やはり難しいと思った。関口に代わっても同様だった。しおりは終始俯《うつむ》き首をすくめ、小さくなっていく一方に見えた。痛々しく思えてきて、秀一はそこであきらめた。水梨か、あるいは大石の手助けが必要かもしれないとぼんやり考えていた。

校長室の前で息を整えてから、秀一はドアをノックした。

顔を上げた内澤の目は、先刻よりも険しさが増しているように映った。

秀一は、これまで良好な関係で一緒にPTA活動をしてきた彼女が、まるで別人かと思うような態度を見せていることにとまどいながら戦《おのの》いていた。

内澤の斜《はす》向かいに座り、秀一に、ごくろうさまでした、と声を掛けた青島の表情が心なしか冴《さ》えなかった。頬に少し赤みが差している。

しおりのことを聞かれた場合には自分が、という関口の申し出を校長と内澤にも了承してもらい、青島の隣に二人並んで腰掛けた。

面談ではなにも聞き出せなかったことを正直に伝えた。もう少し時間がほしいとお願いすると、内澤は「そんなことより」と秀一を遮った。

「その子は福島から来たそうですね。それは本当なんですね？」

「ええ」

畳みかけるような言い方に気圧されながら頷いた。

「そんな危ない子どもを、どうしてこの学校は引き受けたんですか？」

隣で関口が息を呑《の》むのがわかった。とっさになにを言われたのか意味が分からず、秀一は眉根を寄せて尋ねた。

「危ない……とは、どういうことでしょう?」

「福島は危ないに決まっているじゃないですか。みんなそう思っていますよ。原発事故があって、放射能が広がって……」

言われた言葉が意味を結ぶまで時間がかかり、秀一は内澤の顔をまじまじと見つめ返した。頭がくらくらした。

青島は視線をテーブルに落としたまま、唇を引き結んでいる。さっきまで、あるいは同じような話をしていたのかもしれないと思った。

ゆっくり息を吸うと、秀一は思い切って口を開いた。

「内澤さんが今話されたことは、とても偏った意見のようにわたしには思えます。福島の子が危ないというのは、あまりにも一方的で心ない言い方に聞こえます」

ささくれ立った気持ちのまま、内澤の冷たい目の奥を見返した。

「なにも分かっていないくせに」

内澤が、ささやくような低い声でつぶやいたのが聞こえた。

巧実のはにかんだ笑顔が、不意に秀一の胸をかすめた。彼の話を聞いた晩、もどかしさと無力感に苛《さいな》まれるようにして眠れぬ朝を迎えたのを思い出す。

自分の中で、じりっとなにかが音を立てた。気がつくと、言葉を絞り出していた。

「しおりさんは、とてもかわいそうな子どもなんです。陽介くんにけがを負わせたとしても、なにか理由があったはずです」

目を上げた。内澤が冷たい笑みを浮かべて、秀一を見下していた。

その途端、あの発作がまた起きるかもしれないという恐怖が、いきなり秀一の胸を満たした。

「教頭先生、だからあなたはだめなんですよ」

聞こえよがしに、内澤はため息をもらした。

「勘違いしないでください。被害者はうちの陽介なんですよ。それなのにけがをさせた方を庇《かば》うんですか？　あなたはなにばかなことを言っているんですか。公平な判断ができない、正義のある教育が成り立たない、そんな体たらくで、よく教頭の仕事が務まりますね」

聞いているそばから話が次々ねじれていく。ついていけず、思わず目頭を押さえた。

「…そういえば、思い出しましたが、あなたはここに来る前任《まえ》の学校で、しばらく休職してたらしいですね、心を病んで。もう大丈夫なんですか、そっちは？　メールでみんなに回ってますよ」

「内澤さん、言葉を慎んでください」

青島が、厳しい声音で諫《いさ》めた。

憤然とした態度を隠そうともせず、内澤はバッグから小さな手帳を取り出すと、なにかを書きはじめた。

鼓動が速くなる。それなのに体から力が抜けていくのが不思議だった。目の前の景色がだんだん色をなくし、しだいに狭まっていくのを、もどかしい気持ちで見ていた。

いきなりそれは起こった。

左のまぶたに引きつるようなけいれんが走り、波のような震えが左頬全体に広がっていく。目を開けていられなくなってきて、膝の上で握りしめていた拳を引きはがし、秀一は顔面を押さえた。押さえても押さえても震えは止まりそうになかった。驚いた顔の内澤と目が合った。

ソファーから立ち上がって、秀一は「申し訳ありませんでした」と頭を下げていた。どうしてそんな言葉を口にしているのだろうとぼんやり思った。

気がつくと、理科室の隅のテーブルにもたれて、ぼんやりたたずんでいた。頬の震えも動悸《どうき》も収まっていた。崩れるようにいすにすわりこむ。不甲斐《ふがい》ない……。ため息が漏れた。いつの間にか外は雨が降り出していた。水たまりが浮かんだ校庭には、港から飛来したカモメが何羽か羽を休めていた。

雨に濡《ぬ》れてしょんぼりと立ち尽くしている影は、いまの自分と同じだと思った。

秀一が身体に爆弾をかかえていることを知っているのは、この学校では校長の青島と養護教諭の晴美だけだった。

内澤が言うとおり、前任の学校で秀一は当時の校長とぶつかり、それが引き金になって一カ月ほどの自宅療養を余儀なくされた。

一人の女性教諭に対し、保護者からの小さな訴えをもとに、指導がなっていないと執拗《しつよう》に責め立てる校長の言動にたまりかね、教務主任をしていた秀一は、教頭を差し置いて校長に意見を返した。ワンマン経営で、厳しいという評判の校長だったが、筋を通せば分かってくれるだろうと期待していた。

しかし、それはかなわなかった。次の日から、校長はあからさまに秀一を煙たがるようになり、どんな有益な提案をしても即座に却下され、先生方と相談をしていると勝手なことをするなと頭ごなしに怒鳴られるようになった。

　折あるごとに、間に入って取りなしてくれた当時の教頭は秀一を気遣い、「もう少しで校長も退職だから、それまで二人でなんとかがんばろうや。おれが先生を守るから」と慰めてくれていた。

　しかし、それよりも先に秀一の心が悲鳴を上げてしまった。

　校長の声を聞いたり姿を目にしたりすると、まばたきが増え、顔面にけいれんが起きるようになった。

　ＭＲＩ検査では脳には異常がなく、最後に受診した心療内科で、強度の緊張がもたらす心因性のストレスによるものではないかと言われた。一度職場から離れて、ゆっくり休んでみることをお勧めします、という医師の言葉に従って、十一月のはじめから冬休みが終わるまでの期間、休職することに決めた。

「あなたの〝青臭い正義感〟が、いつか命取りになるかもしれないって心配してたけど、とうとうその日が来たわね」

　休みに入った日の朝、冗談めかして微笑《ほほえ》んだ、妻の妙子の寂しそうな横顔が、今も目に焼き付いていた。

しばらくの間は、余計な力がほどけるような開放感に包まれたが、程なく学校に戻りたいという気持ちが募ってきた。それは日増しに強くなっていった。

子どもたちがいて、仲間の先生がいて、同じ空気の中で笑ったり悩んだり、喜び合ったりする。当たり前だと思っていたその日常のかけがえのなさに、はじめて気づかされたような思いがしていた。切ない気持ちの中に浸りながら、自分は、先生という仕事から離れられないんだという単純な事実に目を瞠《みは》っていた。

学校に復帰してからは、校長との距離は、つかず離れずを心がけた。医師から伝えられた〈決して背伸びをしない〉〈八割の力で淡々と〉というアドバイスに素直に従って過ごした。

四月になり、新しい校長が赴任し、最初の顔合わせの時に「苦労かけましたね」と声をかけられた瞬間、秀一は涙があふれてくるのを抑えられなくなってしまった。

体調を崩したことで、管理職試験はあきらめるつもりでいたのだったが、周囲の強い勧めに背中を押されて、翌年もう一度受験し、その次の年の春、現在の岬台小学校に教頭として赴任することになった。人生はなにが起きるか分からないものだとつくづく思った。

「教頭先生……」

心配そうな関口の声が背中越しに聞こえた。秀一は気を取り直して立ち上がった。

「申し訳なかった。心配かけたね。もう大丈夫だから」

校長室に入り、頭を下げると、青島は「大丈夫ですか？」と笑顔を振り向けながら、

「教頭先生、今日のことはもう忘れてください。気にすることは一切ありませんから」

「本当にすみませんでした」

「あなたは、まっすぐだからね。まあ、これでも飲んで、少し落ち着きましょう」

青島校長お手製の梅ジュースだった。一口飲むと、さわやかな甘酸っぱさが口の中に広がった。

「教師という仕事は、感情労働ですから」

青島が静かにつぶやいた。

「感情労働？」関口が問い返す。

「わたしたち教師は、子どもたちや保護者に対して、時には同じ教員仲間に対しても常にアンテナを向けて、心を配り、気を遣いながら仕事をしているでしょ？」

「……」

「場合によっては、さっきのような不合理な物言いに晒《さら》されたり、プライドを傷つけられ

たりしながら。そのたびに心は乱され、疲弊していきますよね。それが感情労働ということです。それをやらないと、物事は前に進んでいかない。でも、それで心身を壊す人間もいる。そのジレンマがいたるところに転がっているのが、いまの学校現場ですよ」

ジュースを口に含むと、青島は続けた。

「相手から突きつけられる訴えや怒りは、すべて受け入れるにふさわしいものばかりじゃありません。納得できないことだったり、理不尽だったりすることも多い。それでも、わたしたちはそれをぐっと呑み込んで、笑顔をつくらなければならない。因果な商売だと思います」

二人をまっすぐ見返す目が静かな怒りを含んでいるように見えた。

「内澤さんは、今度はご主人を同席させるそうです。しおりさんから話を聞き、しっかりした答えを用意してほしいと要望していきました。水梨さんにもおいで願わなければならないかもしれませんね。いずれにしても、誠意を尽くして、よい解決につなげていくしかありません。内澤さんが言う、まさしく〝子ども本位〟でね」

青島は柔和な表情に戻り、片目をつむってみせた。

夜七時過ぎに、内澤は三日後の夕方、夫婦そろって来校するという旨を、電話で秀一に告げてきた。相手の保護者も同席させること、そしてこれが解決するまでは陽介を登校させないということも付け加えた。

要件のみを突きつける声は、相変わらず険しいままだった。

「教頭先生、これなんだべが？」

翌日のお昼近く、職員室で、回覧されてきた書類に目を通していると、秀一の前に立った吹越が首を傾《かし》げた。

目の前で広げた手の中には、黒光りする小さな丸い石のようなものが十個ほど載せられていた。

「これは？」

「ＢＢ弾《ビービーだん》ですね」

隣から顔を覗《のぞ》かせた梅内が、玉を一つ摘まみ上げながら目を細めた。

「どうしてこんなものが学校に？」

「ウサギ小屋の外に落ぢでましたじゃ」

ＢＢ弾とはエアガンに使用されるプラスチック製の弾丸のことだ。相応の破壊力があり、危険という判断から、それで遊ぶことは禁止されている。ましてや学校に持ち込むなどあり得なかった。

弾を指で押して硬さを確かめたり、机の上で転がしたりしているうちに、秀一の頭にふとある考えが浮かんだ。ウサギとエアガン……くわしく探ってみる必要がありそうだ。

吹越にお礼を言い、彼の姿が見えなくなったところで、秀一は自分の思いつきを梅内に伝えた。

質問をはさみながら聞いていた彼は、秀一がひっかかっている点を理解し、早速動いてみますと席を立った。

昼休みを待って、秀一は校庭に出た。

サッカーや鉄棒、ミニトマトの世話など、思い思いの遊びや活動に興じている子どもたちの目は、一日のうちでいまが一番輝いている。そんな子どもたちの間を縫って、校舎の反対側に向かう。ウサギ小屋にもフェンス沿いの土手の上にも、しおりはいなかった。

図書室の中に彼女の後ろ姿を見つけ、静かに近づいて声をかけた。

「しおりさん、ちょっといい？」

となりの図書準備室に招き入れ、「これを見てほしいんだけど」と言いながら、ポケットから取り出したＢＢ弾をテーブルの上に載せた。そっとその表情を盗み見る。

それがなにか分かった瞬間、彼女の目が驚いたように見開かれたのを秀一は見逃さなかった。しおりは慌てたようすで立ち上がると、廊下に飛び出し一目散に駆け出した。後ろ姿を見送りながら、秀一は自分の考えが的中したことを確信した。

職員室に戻り、校長室で青島と梅内に自分の推理を話した。放課後には、梅内が子どもへの聞き取りを行い、それが済んだところで、三人で相談することを確認した。

夕方、そろそろ打ち合わせをはじめようかと思っていると、水梨からの電話が入った。秀一は青島につないだ。

学校からの連絡を受けて、内澤陽介の件について、しおりに確認をしてくれたのは奥さんの朋子さんだった。辛抱強く尋ねると、彼女はやっと頷《うなず》いてそれを認めたという。水梨は神妙な声で、明日は自分も学校にうかがい、相手の親御さんにぜひ謝罪したいと話したという。

「なんかいろいろ割に合わない感じっすね」

納得できないといった表情で、梅内がつぶやく。

「教頭先生の睨《にら》んだとおりですよ。内澤がけがをした日曜日、ウサギ小屋のところにいたのは、内澤と橋場亨《とおる》です。橋場は同じサッカー同好会で、クラスも同じ。そして教頭先生の見込みどおり、飼育委員会です。その日たまたま学校に出ていた池田先生が、練習が終わって職員室に顔を出した彼に小屋の鍵を渡したことを覚えていました」

梅内はそこでいったん言葉を切り、青島と秀一の顔を見渡した。

「どうしてウサギ小屋の鍵を？」青島が訊《き》く。

「小屋の奥にウサギが隠れてしまえば、エアガンが届かない。それに飼育委員会なら、小屋のところにずっといても怪しまれない。キャプテンの内澤に命令されて、嫌々見張りをやらされていたと話していました。まったくもう、あいつは気が弱いところがあるから」

秀一は、橋場の顔を思い浮かべた。小柄でたしかにおとなしそうな印象だ。

梅内が寂しそうな顔で続ける。

「内澤がエアガンでチャッピーを撃つのを、おまえは黙って見ていたのかと訊くと、亨は下を向いてしまって。生き物を一番大事にしなければならない飼育委員が、いじめる片棒を担ぐなんて、絶対に許されないことだろうと雷を落としたら、亨のやつ泣いて、ごめんなさい、ごめんなさい、って止まらなくなってしまいました」

梅内はそう言って、校庭に視線を走らせた。

「突然そこにしおりちゃんが現れたんだそうです。チャッピーに草をあげに来るのを何度か亨も見ていて、顔を覚えていたと言っていました。びっくりしていると、彼女は陽介を止《や》めさせようといきなり体当たりをしてきたそうです。倒された彼は怒って、走っていく彼女をエアガンで何発か撃ったみたいだって亨が話していました。ほんとに情けないですよ、どれもこれもやってることが。六年生にもなって……」

悔しそうに梅内がつぶやいたあと、しばらく重い空気が流れた。

話の筋はだいたいこれでつながった。問題は陽介だった。このままでは明日もおそらく欠席するだろう。そうなればこれ以上の確認は難しくなる。陽介と亨の二人の話をつき合わせて矛盾点をつぶし、整理した結論を示さなければ、あの母親は納得しないだろう。ましてやその父親がどんなふうに出てくるのか、まったく想像ができなかった。

正直手詰まりな感じは否めなかった。


六月三十日の夕刻、約束していた五時が近づいていた。

秀一は、来訪を待っている間、職員室の机にすわり、組んだ手の上にあごを載せて、吹越の机の上をぼんやり眺めていた。

プリンのカップがいつの間にか小さな花瓶に替わっていた。その中に十本ほどに増えたネジバナが差してあった。ぴんと立ち上がった花の姿が、今日はなんとなく儚《はかな》げな感じに映った。

自分でも驚くくらいに、心持ちは平静だった。内澤美由紀のためではない。しおりのために、陽介や亨のためにに、青島と自分はこれから最善の途《みち》を見つけなければならない。そう思うと、気負いや不安が解けて、身体の焦点が一つに集まってくるような気がした。

予定の十分前に水梨が、そして五分遅れて美由紀が一人でやってきた。テーブルをはさんで二人が向かい合った。

「主人はちょっと急用ができて、後ほど参ります」と話した美由紀の顔が、心持ち青ざめて見えた。ご主人をお待ちしましょうかと問うと、「いえ、はじめてください」と言う。

それぞれを紹介し、秀一がこれまでの経緯を短く整理すると、水梨が待ちきれないようすで口火を切った。

「うちのしおりが、息子さんにけがさせてしまって、本当にたいへん迷惑をおがけしました。誠に申し訳ありませんでした」

そう言って深々と頭を下げた。美由紀は小さく頷くと、

「陽介はその子に転倒させられて、腕を骨折しました。なんて乱暴なんだろうと驚いています。しばらくサッカーができなくなって、ショックも受けています。学校にも行きたくないと言っているんですよ」

「本当に申し訳ありません」水梨が俯《うつむ》く。

秀一が美由紀に向き直った。

「陽介くんはどうしていますか？　できれば明日、担任が彼の顔を見にうかがいたいのですが？」

「ショックを受けているあの子が、学校の先生に会うのは無理です。状況をわきまえてください。わたしは、そのしおりって子もそうですが、学校の責任についても問題があると言っているんです」

頑《かたく》なな態度は三日前と変わらなかった。

気詰まりな空気が校長室に広がる。玄関先から子どもたちの屈託のない笑い声が聞こえてくる。

校長室のドアがノックされ、事務の北川が、内澤さんのご主人が到着したことを告げた。

「遅くなって申し訳ありませんでした」

陽介の父親は落ち着いた物腰で恰幅《かっぷく》がよく、美由紀より年上に見えた。鼻の下に口ひげをたくわえ、よく通る声をしていた。差し出された名刺には、内澤設計事務所と並んで、代表内澤光昭という名前が記してあった。

立って名刺を受け取ると、水梨はそのまま内澤に向かって腰を折った。そして、美由紀に対したのと同じようにていねいに詫《わ》びた。

美由紀はとなりにすわった内澤に一瞥《いちべつ》をくれただけで、すぐに思い詰めたような目をテーブルに落とした。膝に組んだ指先が、なにか迷っているかのように小さく動いていた。

「その子は、なぜこの学校に来たんですか?」

美由紀が固い声を洩《も》らした。水梨がはっと顔を上げる。彼女の横顔を覗く内澤の目が、怪訝《けげん》そうに細められた。

陽介のことを差し置くようにして、また話がずれていきそうな気配に、青島の予想どおりかもしれないと、秀一は手帳からそっと目を上げた。

「わざわざどうして福島なんかから、あの子を連れてきたんですか?」

青島と素早く目配せを交わす。

あの夜、美由紀が帰ったあとで、青島が「釈然としませんね」とつぶやきながら秀一に伝えたのが、彼女がむき出しにする福島に対するこの強い感情だった。

アレルギーといえばそれまでだが、どうしてこれほど過敏になるのか、こだわる理由はどこにあるのか、あの時自分が冷静さを失って見えなかったものを、青島は見ていたのだと思った。

水梨が落ち着いた声で返した。

「しおりにはもう帰る家がありません。家も家族も、津波で全部失《な》くしてしまったんです。わだしと女房は、あの子を引き取って親御さんの代わりに育でたいと思ってます。帰るふるさとを失ぐしてしまったあの子が、少しでも慰められるようなものを、わだしはあげだいと思ってるんですよ。老い先が短い自分だちができることは、それぐらいしがないど思ってるんですよ」飾らない物言いだった。

「偽善じゃないんですか？　ふるさとをあげるなんて、そんな簡単にできるわけがないじゃないですか。本気で言っているんですか？」

水梨は美由紀の視線をまっすぐ受け止めたまま、

「本気です」とあごを引いた。

美由紀がさぐるような目で、水梨を見返す。

青島が話を引き取って静かに続けた。

「水梨さんがいまおっしゃったことは、この学校を預かるものとして、わたしも同じ考えをもっています。しおりさんにとって、福島は大切なふるさとです。かけがえのない思い出がたくさんある場所です。それと同じものをわたしたちが彼女に与えられるなどと、そんな不遜なことはもちろん考えておりません」

ですが、と言って青島は一つ呼吸を置いた。

「それでもわたしは、彼女のためにできる限りのことをしてあげたいんです。それがわたしたち大人の大切な務めだからです。つらいときに支えてくれる人や、拠《よ》り所になって温かく包んでくれる場所は、子どもには必ず必要なんです。それは、しおりさんに限らない。陽介くんにとっても同じです。この岬台小学校が、ここにいる子どもたちの大事なふるさとになれるなら、こんなうれしいことはありません。そのために、わたしたちは努力したいと思っています」

「ふるさと……」

不意に俯《うつむ》いた美由紀が、小さくつぶやいて唇をかんだ。

「ふるさとを奪われたことのないあなたたちだから、そんなきれい事を簡単に言えるんですよ。軽々しく言わないでください」

金切り声を上げると、美由紀はハンカチを取り出し目尻をぬぐった。そのままバッグをつかんで立ち上がり、廊下に出た。

内澤光昭は眉間にしわを寄せて、じっと目をつむっていた。苦しそうな表情に見えた。唇を引き結んだまま、鼻の下のひげをなでている。

やがて目を開くと、青島や水梨に向かって話しはじめた。

「家内の実家は福島にあるんですよ。内陸にあったおかげで津波の直接の被害は免れました。ですが、義父《ちちおや》はあの時、原発を動かしていた電力会社に勤務していたんです」

お茶で唇を湿らせると、内澤は続ける。

「原発事故が起きて以来、義父はまわりの人たちからずいぶん非難されたようでした。それで心労が重なって身体をこわしてしまい、まもなく亡くなってしまいました。気の毒なことですよ。残された義母《ははおや》を美由紀も心配して、八戸に来るようにと何度も誘ったのですが、どうしても離れたくないと言って……ふるさとは、やはりふるさとなんですね」

窓の外に視線をめぐらせながら、一度言葉を切った。夕暮れの残照の中に、部活動の子どもたちの姿が黒いシルエットになって浮かんでいた。

「家内が福島のことになると冷静でいられなくなる気持ちは、わたしには分かる気がするんですよ。哀《かな》しみとか愛《いと》おしさとか、いろいろな感情が吹き出して、自分の中にうまく収められないでいるんじゃないかと、あれを見ていると思うことがあります。わたしの支えが足りないのかもしれません」

そう自嘲気味に言うと、小さく笑った。

「しかし、それで皆さんにご迷惑をおかけしているというのであれば、それはまた別です」

「奥様も気の毒な人だったんですなあ。可哀想に」

水梨が身にしみたように声を漏らし、大きくため息をついた。

彼の言うとおりだった。しおりや巧実と同じように、美由紀もあの震災の被害者の一人にちがいなかった。十分に傷ついていたのだ。

福島からの転入生と聞いて、激しく動揺し、複雑な思いを持て余したまま、それが態度や言葉にそのまま表れていたのかもしれない。そう思うと、いつも張り詰めているように映る美由紀が哀れに感じられた。

化粧を直した美由紀が、固い表情で校長室に戻り、内澤のとなりに腰を下ろす。彼女に対する強《こわ》ばった感情は、いつしか秀一の中から消えていた。

職員室側のドアがノックされ、梅内が顔を見せた。「教頭先生、ちょっと」秀一が出ていくと、耳打ちをされた。

「内澤と橋場が学校に来ています。どうしましょう?」

「……校長先生、ちょっとお話が」

振り向いて目配せをすると、青島より先に内澤が声を響かせた。

「陽介が来たんですね。かまいませんので、ここに連れてきてください」

「あなた、なにを……」

美由紀がうろたえたような声で内澤を遮る。

「いいんだ。さっきまでわたしは、陽介と話をしていたんだよ。あいつは事務所に一人でやって来た」

「勝手なことをしないでください」

内澤は怯《ひる》むでもなく、落ち着いたまなざしで美由紀の尖った視線を受け止めた。

「勝手なことをしているのは、おまえの方じゃないのか？　腕を骨折したぐらいで、なぜ学校を休ませる必要がある？　陽介がなにをしたのか、どんな思いでいたのか、おまえはあいつからきちんと話を聞いたのか？」

「あなたはいつも出張、出張で家を留守にしているから、なにもわかっていないんです。陽介のことは、わたしが一番……」

そう言って、悔しそうに美由紀は顔を背けた。その横顔に向かい、

「大丈夫だよ、あの子は。自分の足で、一人でここに来たんだからな」

かみしめるように言うと、内澤は青島に向き直った。

「わたしはあの子に、自分がやったことを、自分の口から正直に伝える気持ちがあるんだったら、ここに来なさいと、父さんは学校で待っているからと、そう言いました。いま、うれしい気持ちでいっぱいですよ。校長先生、お願いします。喚《よ》んでください」

「わかりました。内澤さんがそうおっしゃるのであれば」と青島は頷《うなず》いた。

梅内に促されるようにして、陽介と亨が校長室に入ってきた。緊張しているのか、二人

とも神妙な顔で下を向いている。右腕を三角巾で吊《つ》った陽介が痛々しく見えた。

内澤がソファーから立ち上がり、亨に呼びかけた。

「橋場くんだね。わたしはまずあなたに謝ります。本当に申し訳なかった。陽介が迷惑をかけました。この通りです」

内澤が頭を下げると、亨はこらえきれなくなったように、肩を震わせて大粒の涙をこぼした。そして「ごめんなさい」と言った。

秀一は、内澤の言葉を聞いて、陽介が自分がしたことを正直に父親に打ち明けてきたことを理解した。

「陽介、さっき父さんに話したことをもう一度ここで話せるな?」

「ええと、あのう、内澤さん、できればわたしに話をさせてもらえませんか?」

秀一が遠慮がちに声を上げた。

青島にも許可を求め、二人が頷いたのを確認してから、秀一は陽介と亨の前に進み出た。

椅子にすわらせると、彼らの目の高さに視線を合わせてしゃがんだ。

「腕はどうだい? まだ痛む?」

「大丈夫です」と答えた陽介の声が震えていた。早くサッカーができるようになればいいねと言うと、小さく頷いて、また目を伏せる。

「二人とも学校によく来てくれたね。先生たちは本当にうれしいよ。ありがとう」

「……」

「陽介くん」

秀一は呼びかけた。陽介が目を上げるまで待った。

「君は、自分がやったことを悪いことだと考えて、お父さんに話をしに行ったんだよね。反省をして、亨くんを誘って、そして勇気を出してここに来たんだよね」

「はい」

「そうか。よかった。じゃあ、もうなにも話さなくても大丈夫だよ」

陽介が驚いたように目を見開いた。その目に向かって秀一は続ける。

「一つだけ、君の口から聞かせてほしいことがあるんだ。いいかい？」

「はい」目の光が強くなる。

「君はこれからなにをすればいいと思う？」

「……謝り……たいです」

「だれに？」

「亨くんに……それから、あの子にも」

「……」

「チャッピーにも」陽介の声が震える。

秀一は、静かに息を整えると、頭に浮かんだ思いを一つ一つ確かめるようにしながら、ゆっくり言葉を継いだ。

「怖かっただろうね、チャッピーは。どうしてそんな目に遭うのかわからなくて。動物は声を出せないから。六年生の君に向かっていった中崎しおりさんも、同じぐらい怖かったと思うよ。彼女がいま言葉を話せないことを、君は知っていますか？」

「はい……」俯《うつむ》いた陽介が、くぐもった声を洩《も》らす。

「しおりさんは、その時、怖いよりもチャッピーを助けたかった、なんとしても。その勇気は本物の勇気だよ。人として胸を張れる、立派な大事な勇気だ。陽介くん、君が今日、自分からここに来てくれたのも、本物の勇気だと、わたしたちはみんな思っているよ。それを、これからもずっと持っていてほしい。いいかい？」

「はい……」

歯を食いしばっていた陽介の目から、涙が次々にあふれてくる。

「ほんとに、ごめんなさい」

顔をゆがめて、しゃくり上げながら、左手の甲で懸命に涙を拭おうとする。手が不器用に動くのに胸が詰まり、秀一は知らず彼の鼻先に伸び上がっていた。

気がつくと、陽介と亨《とおる》の頭を両手で掻《か》き抱《いだ》き、自分の両肩に強い力で抱え込んでいた。うなじを濡らす涙と二人のぬくもりが首筋に染みていく。「二人とも、いい子だ」と洩らした自分の声も震え、視界がだんだん白く霞《かす》んでいくのを、秀一はどうしようもできずにいた。

「教頭先生、お疲れ様でした」

内澤さんたちが帰ったあとで、ほっとしたようすの青島から、校長室で声をかけられた。あの時無心で動いた結果が、よい方向に落ち着き、秀一も胸をなで下ろした。子どもの姿に心を揺さぶられる感情労働なら歓迎だな、とぼんやり考えていた。

開け放したドアから、「教頭先生」といきなり梅内が顔を覗《のぞ》かせた。切迫した声だった。

「いま玄関に水梨さんが。帰ったら、しおりさんがいないとかで、これが部屋に置いてあったそうです」

小さなメモ帳の切れ端だった。しおりの書いた文字だろう、『おじいちゃん、めいわくかけてごめんなさい』と書かれてあった。

玄関に行くと、水梨が頭を下げた。

「わだしが学校に行ったごどを、女房がしおりに話したみたいで。夕方家を出てがら、戻ってこないんです。巧実と女房が、いま近所をさがしでおります」

日が長くなってきたとはいえ、この時間、西の空の隅に小さく明るさが残るだけで、外は夕闇が景色の色をくすませはじめていた。心当たりをまわると言って車に戻った水梨を見送ると、秀一はまだ職員室に残っている男性職員を集めた。そして、手分けして探してもらうようお願いした。

七時半が過ぎても、見つかったという連絡は入ってこなかった。職員室から見える校庭は、すでに深い闇の中に沈んでいる。

バックネットの上に、白い三日月が浮かんでいた。見るともなしにそれを見ていた秀一の中で、ひらめいたものがあった。

巧実の電話番号を呼び出し、電話をかける。短いコール音のあと、すぐにつながった。まだ見つかっていないと言う巧実の声が緊張しているのが分かった。

「巧実くん、ちょっと学校まで来てくれないか。確かめたいところがあるんだ」

すぐに向かいますと言って、電話は切れた。

巧実の車が校門の前で方向を変えると、秀一は助手席に乗り込んで、巧実に訊《き》いた。

「岬嶋《みさきしま》神社には行ってみたかい？」

「いえ、でもあんな遠いところまで」

「さっき、月を見ていて、もしかすればと思ったんだが。駄目元で行ってみないか？」

「分かりました」

見覚えのある三差路を右折すると、以前辿《たど》ったスロープに入ったのが分かった。道の両側から張り出した枝がさらに影を集めていくようで、車窓の向こうはますます暗くなっていく。こんな離れた寂しいところまで、おそらく来ていないだろうと秀一は思いはじめていた。しかし、クラスに友だちのいないしおりが、まだ慣れていない土地で行くところはごく限られているはずだった。

車を停めると、神社の境内を通って公園に向かった。ベンチに人影はない。フェンスの周りを巡りながら、「しおり」と巧実が呼んでみても、返事が返ってくる気配はなかった。

引き返そうと、神社の社《やしろ》の脇を抜けようとしたその時、かすかな声が秀一の耳を打った。足を止めて身構え、耳をすませた。「ニャー」という猫の鳴き声だった。微《かす》かだが、確かに聞こえる。声を頼りに、街灯がぼんやりとしか届かない回廊の隅に歩いていくと、そこにうずくまる小さな人影を見つけた。

しおりがいた。横向きに丸くなった彼女は、おなかに子猫を抱えて目を閉じていた。

「しおり、大丈夫か」と慌ててかけ寄った巧実が揺り起こす。しおりがうっすらと目を開けた。巧実の顔を認めると、その胸にすがりついて、泣きはじめた。

糸をひくようにか細い、秀一がはじめて耳にするしおりの声だった。

どうしてこの子だけが、こんなにも苦しまなきゃならないんだ。ほっとしながらも、秀一は怒りとも哀《かな》しみともつかない感情が胸に広がるのを抑えられないでいた。

「ごめんな、しおり。お兄ちゃんといっしょに帰ろう、な」

繰り返す巧実の声としおりの泣き声が重なって、樹影の中に溶けていった。


頬づえをついたまま、秀一は机の上に並べた写真を眺めていた。昨日学校に届いた手紙に入っていたものだ。差出人は水梨巧実。

結局しおりは、あの後しばらくして七戸の学校に転校することになった。

水梨さんの奥さんの知人が、そこで牧場を営んでいて、その近くに家を借りて三人で暮らしてみるという。好きな動物が身近にいる静かな環境の中で、落ち着いて過ごさせたいという考えは、いまの彼女にはふさわしいのかもしれません、とカウンセラーの大石先生も言う。

写真の一枚は、あの夜、神社でしおりといっしょにいた子猫だった。

大事そうに猫を抱いたしおりが、はにかんだような笑顔を浮かべていた。横に並んで微笑《ほほえ》む水梨さんと朋子さんも、なんとなく誇らしそうに見える。

写真を手に取った青島は、本当の親子以上に親子に見えますね、と秀一に笑いかけた。

お礼が綴《つづ》られた手紙の最後には、巧実の『建築の勉強がもう一度できそうです』というコメントが添えられていた。秀一は胸が熱くなった。

長いように感じられたが、今日までたった五カ月しかたっていない。

傷を癒やすとか乗り越えるとか、だれにも簡単には言えない。けれども自分の前にある道を、先をまっすぐ見つめて一歩一歩進んでいくことは、だれにだってできる。むしろ、できることはそれしかない。

しおりにも巧実にも、そして秀一自身にも。

まぶしい日差しの中、校庭を走る子どもたちの姿に視線をめぐらせながら、そう思った。

もうすぐ校内一巡の時間だ。封筒を机の中に戻すと、秀一は息を整えて立ち上がった。

＜はなおい・のりゆき　１９６３年八戸市白銀町生まれ。八戸北高校─弘前大教育学部卒。八戸市教委指導主事、八戸市立吹上小教頭などを経て、現在は八戸市立江南小校長。趣味は映画鑑賞と旅行。好きな作家は伊集院静、篠田節子、村上春樹。＞

「第５回東奥文学賞」贈呈式 本紙１面 2019.２.６

花生さん（八戸）笑顔の大賞

塩越社長㊨から賞状を受ける大賞の花生さん＝5日午後、青森市の東奥日報社

東奥日報社は5日、青森市の同社7階ホールで、第5回東奥文学賞の贈呈式を行った。大賞に輝いた作品「月光の道」を執筆した八戸市の小学校校長・花生典幸さん（55）に賞状を贈り、優れた創作活動をたたえた。

式では、東奥日報社の塩越隆雄社長が「花生さんが素晴らしい小説を執筆されたことを、県民とともに心よりお祝い申し上げる。今後とも精進を続け、小説の創作を通じてさらに青森県に元気を与え、人々の心を豊かにしてくださ い」とあいさつ。最終選考委員を務めた弘前市出身の文芸評論家・三浦雅士さん（72）が講評した。

受賞者あいさつで、花生さんは「昨年6月半ばから9月末の締め切りまで、一生懸命書いた。書いているうちに登場人物に感情移入して、この人たちを救わないと作品は終われないと思い、一喜一憂しながら100枚仕上げた。今回賞をいただき、頑張って良かったと思った」と述べ、「学校の中では、気持ちが折れそうになりながらも前を見て頑張っている先生たちがいる。そういう方々から（小説を読んで）勇気をもらったという声を聞き、書いたことが少しは役に立ったのかなと感じる」と語った。

東奥文学賞は2008年、東奥日報創刊120周年を記念し、新人の発掘・育成を目的に創設。県内在住者または本県出身者を対象に400字詰め原稿用紙100枚以内の小説を募集し、第5回は48作品の応募があった。

合う挑戦を」

作品の講評を述べる三浦雅士さん

三浦さんらエール

「教育現場で身をよじらせながら働いている先生たちの心情がよく描かれている」―。5日、青森市の東奥日報社で開かれた第5回東奥文学賞贈呈式では、最終選考委員を務めた弘前市出身の文芸評論家・三浦雅士さんが、大賞受賞作「月光の道」を称賛。作者の花生典幸さん＝八戸市＝に「ぜひ今後も書き続けて、矛盾したテーマにも挑戦してほしい」とエールを送った。

花生さんの受賞作「月光の道」は、八戸市の架空の小学校が舞台。物語は、ストレスが原因の病気で過去に休職した経験を持つ教頭の片野秀一と、福島県から転校してきた被災者・中崎しおりを軸に展開する。

三浦さんは講評で、片野の上司である青島校長が教師の仕事を「感情労働」と表現した部分を取り上げ、「感情を殺して働けというのが現代の基本的な労働システムだが、その中で感情が中心となる教師の仕事を選んで良かったという思いがひしひしと伝わってくるすごく良い言葉」と評価。

「この物語を読み終え

「第５回東奥文学賞」贈呈式　本紙２社面 2019.2.6

「矛盾と向き

受賞の喜びを語る花生典幸さん

ると、ほっとして良かったと思う一方、根本的な問題を提示したままで終わる。これから書く作品では、ぜひそういう矛盾と向き合う挑戦をしてほしい」と、今後の活躍に期待を寄せた。

　祝辞では、花生さんと同じ学校で勤務した経験がある八戸市の元小学校校長・宮忠さん(84)＝三浦哲郎文学顕彰協議会副会長＝が「現職を離れて20年以上たつが、教育現場はますます大変になっていると感じる。そういう意味でも、よくぞこの作品を書いてくれた。より多くの人に読んでもらいたい」と述べた。

　贈呈式後、報道陣に囲まれた花生さんは、次回作について「いくつか書きたいなと思っているものはあるが、そのうち形になっているものは中学生をモデルにした一つぐらい。これからもっと考えを整理して絞りながら書いていきたい」と語った。

選評

三浦 雅士さん〈文芸評論家〉

深刻な問題 誠実に示唆

　受賞作「月光の道」が他の候補作から頭ひとつ抜きんでているのはその誠実においてである。読みやすく筆致も温かいので気づかれにくいが、語られているのはじつは深刻な問題だ。

　犯罪の加害者はしばしばそれ以前に被害者であり、被害者は往々にして加害者に転じるという問題。厄介なのは、それが一方では、つねにいっそう真実に迫ろうとする人間の本質に根ざし、他方では基本的に功利に流れる社会の本質に根ざしているからである。

　八戸の小学校が舞台である。教頭・片野秀一の視点から書かれている。物語は、東日本大震災で被災した福島県いわき市からの転校生を軸に展開する。

　父母を失った転校生・中崎しおりは、被災のため大学院を中退した兄・巧実とともに知り合いのつてで移ってくるのだが、言葉を発することができなくなっている。なぜそうなったかが明らかになる場面が最初の山場だが、まずそこでこの加害と被害の問題が簡単に粗描されている。

　次の山場はこのしおりが同級生を突き飛ばして怪我《けが》をさせ、その母から猛烈な抗議の電話がかかってくることで始まる。福島原発事故の被災者を受け入れること自体が許せないという理不尽な抗議が事態をいっそう紛糾させるのは、被災者である中崎しおりがそんなことをするはずがないと信じる教頭・片野がその感情の高まりから往年の心身症を再発させてしまうからである。

片野の心身症はその誠実の代償なのだ。ここには「現代においてはいわば誠実な教師ほど理不尽な代償を支払わせられている」という根本的な矛盾が描かれている。私はこれが教育の現場の実態であることを疑わない。

この問題はしかしそれ以上追及されない。抗議してきた母の夫すなわち、しおりに突き飛ばされて怪我をしたとされる生徒・陽介の父が、むしろ陽介のほうが加害者であったということを陽介自身から告白されるからであり、要するにみんな善人であったということでいわば大団円を迎えるからだ。

問題はしたがって本質的には少しも解決されていない。ただ、誠実なまま途方に暮れる教師たちの姿だけが強く印象に残る。小説は明るい筆致で終わるが、その明るさのなかには暗さがある。価値があるのはむしろその暗さなのだ。

物語の筋をこれ以上語るのは控えるが、この暗さの根底には実存と社会の問題は混同されやすいという事実が潜む。この世に誕生した人間はすべて被害者だというのは実存の問題であり、加害者には被害者の側面が必ずあるというのは社会の問題である。

たとえば、抗議の電話をかけてきた陽介の母の郷里がじつは福島で、父が原発に勤めていて、事故直後、加害者として非難される立場にあった、つまり娘にしてみればば父は被害者の立場にあったという論理がそれだ。陽介の母が存分に語られずに終わるのは、この混同の解明の難しさを示している。

原発事故の実態は、しかし、政府も電力会社もじつは無免許で原発を操縦していたようなものだったということに尽きる。実存の問題などではまったくない。

注意事項の多くを守らずに運転して大惨事を惹《ひ》き起こしながら、誰ひとり責任を取らずに済むというのは不条理きわまりない。これを政府も電力会社も天変地異の被害者であったという論理で片付けることはできない。

にもかかわらずこの小説においては、それをひとまず不問に付さなければ物語が先に進まないし結末もつかないのである。このご都合主義が許されるのは、じつは現場の教師たちが日々直面している事態がそれとまったく同じ形をしているからなのだ。つまり政府なり自治体なりを不問に付さなければ先に進めないのだ。

「月光の道」が優れているのは、人々の善意とりわけ愛情でひとまず決着させながらも、それが決着のつくような問題などではないことを誠実に示唆しているからである。

素材において「月光の道」に匹敵するのは「背守り」である。おそらく大正昭和の体験談、つまり祖母か曽祖母《そうそぼ》が現実に体験した話にもとづいている。いわば宮本常一の民俗学である。

旧家に嫁いだ女性が、舅《しゅうと》や姑《しゅうとめ》、小姑《こじゅうと》姉妹のなかで立ち働くさま、とりわけ会話が的確で、間然とするところがない。だが、背守りが何であるかの説明をはじめ、改行、小見出しなど、文章の書き方が素朴乱暴すぎて適切な処理がなされていない。惜しい。ちょっとした指導で見違えるほどの作品になることは確実である。

対するに「華甲《かこう》の潮音《しおね》」と「晩秋の輝き」はいわば玄人の作で、手慣れすぎているのが難点だ。「華甲の潮音」では、ヒッピー風の若者たちもコミック本を作ろうとする若い女性も、新聞記者やテレビ記者が作りそうな人物の枠に収まりすぎていて、いまやどこにでもある話になってしまっている。

「晩秋の輝き」では、さまざまなかたちで小説を貫く「両親がじつは実の両親ではなかった」という苦悩が紋切り型になりすぎている。『暗夜行路』ではないが、この苦悩たるや日本近代文学の常套《じょうとう》なのである。

「園《その》右《え》衛門《もん》始末《しまつ》」は時代小説だが、藤沢周平を陰鬱《いんうつ》にしたとでもいうような印象が強すぎる。細部に現実味があるのは見事だが、作者がなぜこうまでして閉塞《へいそく》感を描かなければならなかったのか不可解だ。不可解が解消されるのは、ただ園右衛門が娘に過剰な愛を持っていた場合だけだが、作者はそうは書いていない。作者は士族にこだわりすぎている。自身の士族へのこだわりをまず疑うべきではないか。

花生典幸さん受賞の言葉

教師たちに送るエール

わが家の書架には、今回の選者・三浦雅士さんの著書が幾冊か並んでいます。そのうちの一冊「主体の変容―現代文学ノート」（1982年）には、氏のサインが記されています。

大学は卒業したものの、教員採用試験には落ち、とりあえず1年間アルバイトをしながら暮らそうと思っていた直後の5月、弘前の紀伊國屋書店で開かれたサイン会で頂戴したものです。

その日の夜は講演会も開かれ、壇上には先般ご逝去された長部日出雄さん（謹んでご冥福をお祈りいたします）の姿も一緒にありました。長部さんは三浦さんの仕事の価値を大いに称揚され、同郷の誇りだと力説し、それを隣で静かにはにかみながら受け止めている三浦さんの姿がありました。

会場に流れる和やかな雰囲気にひたり、お二人のお話に耳を傾けながら、わたしは、長部さんも三浦さんもなんて懐の深い優しいお人柄なんだろうと感動したのを覚えています。今回、受賞の連絡をいただいた際、真っ先に脳裏によみがえってきたのは、30年前のその記憶でした。

ですから、呻吟《しんぎん》しながらも、なんとか完成までたどり着いた原稿を三浦さんにじかに読んでもらえる機会を得たことは、自分にとってはまさしく僥倖《ぎょうこう》とよぶにふさわしい出来事なのです。

さて、現在の自分の立場で、学校現場を舞台にして書いた小説ですので、いささかお断りが必要だろうと考えます。

この小説には、一切モデルはありません。人物の造形も状況設定も、もちろん作中で起きる事件も、すべて頭の中で想像をめぐらし、作り上げた虚構です（一部地名をそのまま用いましたが、それはいわば借景のようなものです）。

虚構の中で、一つ揺るがせない真実があるとしたら、それはこの作品を通して描きたいと思った、教師という職業人が日々直面している〝切実さ〟と矜持《きょうじ》ということになるのかもしれません。

現在の学校現場には、業務の多忙化をはじめ、大小さまざまな問題が山積しています。その中にあって、心ある教師たちはいつも、時間や労力を惜しまず、精いっぱい心を砕いて、子どもや保護者に真摯《しんし》に向き合う毎日を送っています。子どもたちの笑顔のためという一点を支えにして。

どんな現場にあっても、情熱と誇りをもって前を見つめて進もうとしている人間の姿は、美しく輝いているものです。そんな先生たちに、微力ながらもエールを。これが執筆動機の一つとしてありました。

そしてもう一つのモチーフは、現任校である八戸市立江南小学校が昨年創立40年の節目を迎えたことです。「ふるさと」の意味、そして価値、そのことを初めて深く考えてみたことも、筆を執るきっかけになりました。

最後になりましたが、拙作に光をあててくださり、さらには名誉ある賞まで授与してくださいました三浦雅士さんをはじめとする関係のみなさまに、心よりの感謝とお礼を申し上げます。本当にありがとうございました。

第6回東奥文学賞

2020年9月末締め切り

東奥日報社は「第6回東奥文学賞」の作品を募集します。最終選考委員は弘前市出身で文芸評論家の三浦雅士氏と今回から新たに芥川賞作家の川上未映子氏が努めます。

大賞賞金は100万円。小説のジャンルは問いません。意欲的な作品をふるってご応募ください。

募集要項

◇部　　門　小説であれば題材、ジャンルを問いません。1人1編、未発表作品に限ります。
◇応募資格　青森県内在住者か出身者。
◇枚　　数　400字詰め原稿用紙100枚以内。
◇最終選考委員　三浦雅士氏、川上未映子氏。
◇締め切り　2020年9月30日（消印有効）。
◇　賞　　大賞1編（賞金100万円）、または準大賞1編（賞金20万円）。

◇発　表　21年1月1日。大賞または準大賞作品は東奥日報紙上で連載します。最終選考に残った候補作品に限り、途中発表します。

◇その他　作品の冒頭にタイトルと800字以内のあらすじを付け、筆名は自由ですが、本名、職業、生年月日、性別、住所（県外在住者は出身市町村名も）、電話番号を明記してください。原稿用紙（B4判かA4判）、またはパソコンなど（A4判20字×20行）を用い、名前や文中の読みにくい文字にはふりがなを付け、縦書きで明確に書いてください。
応募作品はお返ししません。作品の版権は原則として東奥日報社に帰属します。

◇宛　先　〒030—0180　青森市第二問屋町3の1の89、東奥日報社編集局生活文化部「東奥文学賞」係。問い合わせは電話017・739・1166、ファックス017・739・1143へ。

第１回　東奥文学賞　受賞作品

大賞	ロングドライブ	世良　啓	（藤崎町）
次点	碧の追想	柳田　創	（弘前市）
次点	恋　唄	田邊 奈津子	（弘前市）

第２回　東奥文学賞　受賞作品

大賞	早春の翼	田邊 奈津子	（弘前市）
次点	雨やどり	高森 美由紀	（三戸町）

第３回　東奥文学賞　受賞作品

大賞	北の神話	青柳　隼人	（青森市）

第４回　東奥文学賞　受賞作品

大賞	健やかな一日	田辺　典忠	（青森市）

第5回 東奥文学賞 大賞作品

月光の道

２０１９（令和元）年5月28日発行

発行者　塩越 隆雄
発行所　東奥日報社
〒030-0180 青森市第二問屋町３丁目1番89号
（出版部）〒030-0801 青森市新町２丁目２番11号
東奥日報新町ビル２Ｆ
電　話　０１７－７１８－１１４５
ＦＡＸ　０１７－７１８－１１３２
印刷所　東奥印刷㈱
〒030-0113 青森市第二問屋町３丁目１番77号

ISBN978-4-88561-256-5 C0093 ¥800E